# 修繕屋ノオト

船越素子

思潮社

# 修繕屋ノオト

船越素子

思潮社

# 目次

I




装画＝矢野静明

本文組版・装幀＝思潮社装幀室

## II

# とりつく島の地図

旅支度をすると
もう　旅は始まっている
そう言い聞かせる母たちの
とりつく島の地図を裏返してみた
透明な容器に
化粧水や乳液を入れ換えたり
化粧ポーチと
裁縫セットを調えて

いつのまにか　涙色である
糠味噌臭い胡瓜の日常が
ピクルスとオリーブのサラダに変身する

今なら　糠味噌の胡瓜が
板の間の縁側で　ゆるりと
海馬の奥に横たわる
古びた地図を
ひろげているだろうに
だから　まずは握り飯だろう
熱々炊きたてご飯に
梅干しです　塩鮭よねと
ツナマヨも天むすも　にぎにぎしく
嬉し　愉し　夢の鹿島立ち

二十四時間営業もコンビニも
何にもないとりつく島の地図
その心ばえ　心配ご無用
古色蒼然とした代物ではありますが
この日のため
地形学も　古文書学も　一揃え
いざ　いざ　いざ　ちびた鉛筆で
色褪せた手帖に書き込み続ける
その娘らの習いを
旅支度をすると　本当に
旅は始まるのかと聞き咎めているのだ

# ブローティガンの残滓入れ

その残滓入れをのぞくと
自転車で
土淵川をはしるブローティガンがいる
古い　ちいさな城下町を
彼は城下町がわかるかしら
もちろん、芭蕉も一茶も好きな人だ
ゆっくりペダルをふんで
坂道をのぼっていく

「東京日記」の前書きに
事実や日付は変わるのだ
と書き付けた
真っ正直なブローティガン
わたしは
わたしの事実を
昨日　皮を鞣すように
やわらかく裏返した
それはふしぎなカーヴを描く
城下町特有の　薄闇につつまれる路地が
いくつもあるのだから

エドワード叔父さんが事故死したのは

日本人が落とした爆弾で負傷したから
あの戦争　憎しみのボールのようだった少年は
四十一歳　新宿三井ビル広場のハエや
中華料理店の猫とあいさつをかわす
それでも忘れてはいけないことがある
石垣にしみこんだ人柱や凶作の
罅割れた幾層もの記憶を彼に告げたい
四十九歳で四四マグナムを頭に打ちこむ
凶暴でやさしい真っ直ぐなかなしみが
彼の魂を食いちぎる空
わたしもゆっくりペダルをふんで
坂道をのぼっていくのだ
ブローティガンの愛した禅寺の庭に
何かがゆっくり訪れようとしている

# ボードレールのハンバーガー店

葉書はチャイナタウンからだった
魚と霧とバラのつぼみの匂いがする
思わずふりかえると
キッチンには読みかけの
ブローティガンがうつむいている
花びらをはさんだハンバーガーだなんて

フィッシャーマンズワーフの
シーライオンたちに会いに行こう

アンカー・スチーム・ビールを飲んでいた
タオイストのような長老なら
あらゆる客人たちに応えるはずだ
パウエル通りをまっすぐ
ローリス・ダイナーを右に
チャイナタウンの坂道をのぼると
魚臭い匂いが鼻孔をくすぐる
コロンバス・アヴェニュー261
シティ・ライツの灯りがともる
本屋のロゴつきバックをかかえた
観光客がよぎる

この界隈、お姐さんたちはみんな
わたしをまるで子ども扱いだった

恋なんかしている場合じゃないの
そういって　笑っていたんだっけ
そしてわたしはかぎりなく
悔恨とノスタルジアにあふれ
背骨と耳たぶをあたためる
一杯のスウプを渇望しているだけなのに
友情と孤独は合わせ鏡なんだ
そう呟いた十六歳の男娼にも
会えやしないのだった

みごとに漂白されていた　すべてが
無菌都市が美しいだなんて
あのひとたちは
何もわかろうとしないのだ

本屋の二階にひっそり身を隠す
アクティヴィストにとっては
辛い時代だ　夜霧は湾から忍び寄る
ユニオンスクエアで
ふるえながら眠る恋人たちは
一冊の詩集と　一匹の犬と
お互いだけをだきしめて眠る
眠れ巴里　きみらの背後に
ほら　ボードレールの
ハンバーガー・スタンドが
はにかみながらドアを開けた

# 八月の鱒釣りから遠く　Occupy Wall Street

その八月サンフランシスコで
わたしは　いつも震えていた
夜ごとホテルの窓から
霧と一緒に凍えた空気が入り込んでくる
バーでは老いた道化師のように
ボビーが唄うかもしれない

わたしはバスタブで足を洗う
湾から立ちのぼる霧は

まっしぐらに胸を射るから
脚は棒のようにのたうって
ホテルのエントランスでは
路上暮らしの愛煙家たちが待ちわびている
ごめんなさい　禁煙中なの
わたしには釣り竿の贈り物もない
だから　寒さが体の芯まで入り込んでくる

一九七七年のサンフランシスコで
ツーリストとトラヴェラーの違いを
教えてくれたのはケヴィンだ
君はツーリストにしかなれないよ
そう　わたしは今も安全フェンスの内側にいる
黒すぐりと恋人の　喪失と成熟の

見分けもつかぬほどに
何しろとても若くて無敵だった
それでユニオンスクエアでは
元気いっぱいのバックパッカーや
中国人のバンカーやらに囲まれ
鱒たちがぴちぴち胸元から跳びはねる
わたしはチャイナタウンでも鱒釣りをした

それなのに　華氏五十度
若い恋人たちは震えながら
パウエル通りの片隅で
汚れた毛布に埋もれて眠る
鱒のソテーに添える
レモンもないのだ

悲しみと怒りの見分けもつかぬほど
わたしが年老いたのだろうか
冷水を浴びたように
震えが止まらない

元ヒッピーのカップルが営む
屋台の花屋は　ずっと遠くまで
若いホームレスたちを見つめている
静かに眠る恋人たちは
どこへたどり着くことができたのだろう
それは星屑のような彼らが
路上からあのウォール街へと
波のように押しよせる
ほんの少しまえのことだったから

# ひべるにあの巣籠り

アイリッシュ海に面した
丘陵地を意味するその町で
わたしは毛繕いをする
庭先でゆっくり　緩やかな指先で
身体を思いっ切り伸ばし
微かな潮の匂いを吸い込む
幾層もの時の吐瀉物を抱いてなお
廃墟も遺跡も

血まみれの歴史も
海に流れるほど
つつましやかな呼吸をする
古い港町なのだもの

ユリシーズを読んだ?
そんなふうに出会った
そんなふうに言葉を仕舞おうとした
小さな旅行鞄には
ふりつもる思いや
飲み込んだ言葉は入らないので
せめて昨夜の続きを
ギネスを珈琲にかえ　ぎこちなく
唇の右隅にさよならの準備をする

美しい朝、食卓には
ブラックプディングとポテトが鎮座し
ブルーベリーマフィンの焼きあがる
甘い匂いも漂う

けれども
ベーコンを串刺しにすると
鷗たちが騒いだ
灰色の雛鳥たちが呼応した
羽毛に嘴を埋めると
その鼓動がわたしを揺さぶる
ほの暗い屋根裏部屋で
膝頭を抱きかかえた
あの盲いた日々が

巣籠りの記憶が
海に向かって窓を開く

もう出かけるよ
鳥たちはゲール語で囀る
わたしには聞こえる
飲み込んだ言葉の行き先も
いくつもの空を翔けたから
さあ、出かけるよ
わたしは記憶の襞を縫い合わせた

# おくたびお・ぱすのいたむ季節

おくたびお
とわたしが囁くと
青いほのおのようにぽっと
君の背骨に燐光が走る
素敵だ
愛と隠喩の脱植民地化時代　いとおしい
半世紀前の恋人たちなの

昨夕　かつての教え子が
背骨が痛む　腰骨も痛む
痛む　傷む　悼む　いたむって
痛ましいのだった
明るく元気な
ひまわり組のれいこセンセイは
もう　とっくにいない
みんな非正規雇用の
契約保母さん
胸の不安も　背骨も　腰骨も
みんな傷んでいるから
いっしょになくしかなかった

大きな栗の樹の下でと

子供たちが歌った
お遊戯をした
おおきな
くり
の
きのした
わたしはてをつなぎきずなをふかめ
いっしょにせしうむをあびる
きずなでなわとびもする
やさしいひらかなだ

おくたびお
とわたしが呟いて
青いほのおがあがると

処理場の床に捨てられていた
いたむ野菜たちがあつまってくる
レタスもセロリも空豆も分葱も
捨てないで
真っ白な琺瑯鍋で
いっしょにくつくつ煮込むのだから
いたむ季節に胸詰まらせて
みんなそろって韻を踏み
旬のすうぷをいただくのだから

# バルブリガンで幸福について考えたこと

「できたら垂直的人間を
尊敬しようじゃないか」
W・H・オーデンを読んだとき
思わず大きく頷いた
もちろん
私の友にオーデンかしら
とは尋ねない
彼女は生粋のアイリッシュだから

私は幸福について話したいのだ

バルブリガンは
アイルランドの海寄りの町
古い漁港だ
陸橋から海が見渡せる
私たちは　ゆっくり
散歩するのが好きだ
漁業組合の倉庫があり
中年のゲイの恋人たちが
砂浜を歩いている
彼らの犬たちも
幸福そうに
尻尾をふる

私も幸福だ
と大声で叫びながら
大粒の涙を
噴水のようにとばしたい
けれども　犬たちの放尿は
放物線を描き
垂直にはとばない
だから
アイルランドの夏に
下手糞な英語と
下手糞な日本語で
私たちは
幸福について語りあう

# すずらん night

月も　星もきれいで
この国にいくつもある
すずらん通りの
ここは荻窪すずらん通り
今宵、井伏さんが手提げ袋をゆらして
通りの向こうから歩いてくるような
胸にしみる気配だけれど
それよりいまは

猥雑な街の猥雑な音や匂いを
手提げ袋に　かたっぱしから
つめこんでいく

馥郁とした看板の
紅茶屋さんのお隣から
揚げ物バイキングの
胃袋を誘いこむ匂い
瀟洒な造りの花屋さんの彩り
追いかける暮らしと
あわいのゆめのまぐわい

右足の小指の先がへばりつく
後ろ髪が未練をひっかける

ひかれたさきに
つつましく項垂れている
死者たちをつなぐのは
その交信音のいじらしさなのだ

すずらん通りを死者たちと歩く
歩くというより
彼らはダンス
わたしも腕をくみダンス
胸の内でリズムが踊る
夜の茎がふるえる
ダンススタジオＫＡＲＡＳの地下階段へと
転げ落ちていくわたしのタマシイを
夜のアリアが包み込んでいくようだった

# 午後のくぼみ

その日の午後
アンゼルム・キーファーを
知らなかったことを羞じた
（わたしはいつでも羞じている）
それでも
退屈な午後はいっぺんする

ディスプレイから

浮かびあがる
画家のフォルム
藁や植物の屍骸が
静かに
怠惰なわたしの贅肉を
咎める

砕かれ　散らばる
骨の記憶なのか
午後のくぼみに
いつのまにか
部族のおさたちが
集結している

（人々がゆるやかに
塞いできた傷口を
画家が解き放つ
市場と野菜籠の
ナチス式敬礼）

痛みも悲しみも
そこで　少しだけ
荷物をおろす
くぼみはやわらかく
わたしは　黒々とした
午後の　粉砕器のなかだ

# 聖家族

二〇一四年 矢野静明展〈種差 enclave〉によせて

撃ち抜かれた鳩の胸から
海がこぼれた
涙かもしれない
あの朝　わたしは大皿いっぱいの
黒オリーブを　ただもう意味もなく
食べ尽くそうとしていたが
欲望はすっかり痩せ細っていた

翌朝　幼稚園にあがると
弟らしき幼子が
白い胸当ての着いたエプロン姿で
記憶の衣装箱から覗いている
本当に大切な戒めは何かしら
とわたしは尋ねた

聖家族にルールはひとつ
平等な愛と平等な憎悪
それから地下室へ続く階段を
歌いながら降りてはいけない
というのだった
それは決まりではなく
掟でも約束でさえない

けれども　その弟の頬はももいろで
ハチミツの匂いがするから
この子のためなら死んでもいい
漆喰の壁から
古い記憶がにじみだすように
思いだしていた
カインとアベルの物語や
あまたの皇子たちの諍い
弟を背負うと
歌と夕嵐が　木立をかけぬけた

火ともし頃には無数の靴音がして
妹であったらしい子どもらも

大きな赤いリボンであらわれる
もう　弟の姿はみえない
似ているねと
誰かが　わたしの耳をひっぱる
切りとられた雲の形だ
食卓に並べられ
さみしそうに俯いている
そっと　口に含んでみた

# II

# 方舟をめぐる幾つかの記録

階下のラザロが
何度か躓きながら
わたしの深部を叩いた
夜、この街にも
雪が降り始めるのだという

ガード下を潜りぬけると
翼をもつものたちの

渇きや飢えが
うつくしいポスターの姿で
モデルのポーズをとっている
彼らの残した汚物が
へばりつく舗道をわたしはいそぐ
(ひなたちが
よんでいるのです
わたしの心音はあとどれほど
カレル橋の上で　凍えそうよ)

ノイズとともに
拡散していく波の音
ラジオステーションが
わたしのラザロによびかけている

（大丈夫ですか
いっしょに労働を　その後で
温かなヴェイユのスウプをいただきませう）

共有地からとおく
竣工されぬままの方舟は
瓦礫の山からみつけだされ
丁寧な修復の作業が
夜ごと繰り返されていた
うつくしいひなたちの記録を
わたしも日焼けた帳面に書き続ける

春がとおい、と
わたしの耳元へ届く娘たちの嘆き

ポケットのなかの「方舟の日々」という本を
わたしはそっと指で確かめてみた

# くぼみのある部屋

窓辺にすわると
風景がゆがんでいた
わたしの眼球のせいだろうか
楡の木も
痙攣しているかのように
枝が　こすれあう音がする
羽ばたきだろうか
あの鳥が

訪れたのかもしれない
わたしの首筋には
半減期をしめす
年式が刻まれているのだが
かなしみにとてもよく似た
鈍い痛みが首のまわりを
とり囲んでいるのだ

疲労が蝙蝠傘よりも重くなった曜日に
（それがいつか設計者にもわからないのだが）
わたしのパーツは交換されるのだった

黒々とした影が
ビニールシートのように

ちいさな庭を包みこみ
公園や緑地帯や校庭を覆った
わたしの妹、と
あの鳥が告げている
ロプロプ、と
わたしも囁く
首筋に一瞬
鋭い痛みと至福がはしった
羽ばたきが
廂の間にきえていく

部屋はわたしの生活そのままに
水差しも鍋も大皿も
もとの形状をとりもどしていた

ただ　くぼみには
虐げられたものたちの
（それはわたしだろうか）
嗚咽やうめきのあれこれが
衣魚のようにひろがっていくのだった

# 密会

いまごろ呼ばれてもねと
その翼あるものは
夜盲症の眼鏡をかけ
不満げな様子だった
もうすぐ日が落ちる
気づかぬわたしのうかつさは
こんな時刻に
角打ち屋で待ち合わせた

牛すじをね　それから　かしらを
いいかけて　またもや
視線の鋭さにあわてた
まるで恐竜の眼光だ
間氷期をいきぬき
わたしの身軀のそこのそこへ
オンカロが連結しているということか

メタモルフォーゼだよ　翼が
小刻みにふるえているのは
こうして彼らに知られぬまま
飛びたてるのだろうか
さまざまな気形の
息づかいが聞こえるけれど

最終処理場はまだはるかなのだから

地下の角打ち屋はいつしか満杯
大根はすっかりいい按配だし
舌にのせた塩粒は生酒と呑みほした
やがて翼が　アジールのかたちで
わたしを抱きしめ包みこんでいくはずだ

# ブルーシート・ダイアリー

ブルーシートのようにくぼんで
とわたしはいった
きっと流れ出しそうなのだ
くしゃくしゃと　くぼんでみせる
ごろごろと
わたしものたうつ
すっかり無防備にゆるやかに
感情が地下街に吸いこまれていく

そこだけステージのように
みんなが避けて通る地下広場を
地下広場ではありませーん
おおごえでさけんでみる
もう　半世紀も前に
あの街ではそうだった
いま　ここは
言いかけて振り返ると
裸足でかけよってくる

森山大道さんのキャメラのまえで
ともだちのダンサーが
路上でのたうちまわった

それ　ゴールデン街のことだけれど
ブルーシートのうえランウェイを歩く
わたしもタマシイは売らない
聖なる水で禊ぎ
それから二度付け禁止の串揚げやの
暖簾をくぐる
いい匂い　風がよんでいた

ブルーシートがうまく肌になじまない
不穏なことごとをかき集めたらしく
すきまから夜が忍びこむ
地下の街でも
鳥たちが二度飛びたち
ブルーシートは　二度　風にはためき

アジールでの眠りはうすい
鳥の形をした欲望が
胸底から飛びたつようだった

# 颪のくぼみ

真っ平らな街で
路上に地図をひろげた
指令を手渡すのはさみしい
レーヨンの
襟なしワンピースを
するりと素肌に着て
うなじと背骨に　颪をよぶ

その街のくぼみに
吸い込まれるためには
いくつかの作法があるらしい
雑貨店や　立ち飲み屋
それから八百屋も肉屋も
買い物籠とメモ帳に
巨大な胃袋を提げて
うーうー　捻れ　挟まれる

窒息するのはわたしだ
年を追うごとに
軽くなると
母も祖母もいっていたが
タマシイだろうか

欲望だろうか
思いなして
路地にはいり込む

くぼみのむこうに
珐瑯の洗い桶がみえる
わたしは
洗い桶のなかで
わたしの赤ん坊の首を洗う
桃のようにかわいい尻も洗う
タルカムパウダーの白い粉が
鼻孔をくすぐり　くぼみを掠め
涙顔で手招きしている

# 純粋な四月

バスストップのまえで
わたくしが待っている
その　バスに乗ると
はるの街にいくのだ
楡の枝を風がゆらし
（もう　二度と　訪れることはないのよ）
土埃が舞って　決意が近づいてくる

リアウインドウに映る
白い割烹着と
買い物籠のざわめきを背に
はるキャベツをもとめて
わたくしを待っている
純粋な四月

キャベツだけで
生きていけると思っていた
もちろんレタスでも
あとは　グラスに水だけで
おかわりは自由
友だちと恋人が
いつでも　どこへでも

スライドできるほどの自由も
うつくしい清貧と友情が
いっぱいの琺瑯ボウルも
（絶対　忘れないから）
コーリャの約束が
風にゆれる
守るのか　破るのか　忘れるのか

薄汚れた旗の復元は
四月に托されていた
再生はつぎの月に
わたくしらは待っている
キャベツと水を交互に
それから　静かに発芽を待つのだ

# 透きとおる果樹園

窓をあけると
果樹園が見える
まだ　色づくまえの
あおあおとした果実

そんなふうに
書きはじめると

あなたは
田園生活の憂鬱などと
わたしをきっと
からかうだろう

風が
ちいさく　痙攣する
有機肥料と無農薬の
オーガニックな野菜たちも
仮置き場の寝室で
不安げに微睡んでいる

泣いても
何もはじまらない

そう言って　わたしは
こどもたちに
言いきかせやしなかったか
けれども
泣きはらした眼にしか
見えない　あの
透きとおった
島嶼のあれこれ

そこで蹲り
まち続けている
錯誤と憂愁のファシズムが
果樹園の木々をゆらす
またも

タマシイが
ちいさく　痙攣する

# 小さき栽培についての伝言

イタリアンパセリの種が
パラフィン紙につつまれ
あなたの畑から
午後の便で届けられた
伝言が添えられている
育てるのはとても簡単
やさしいこころで
種をまいてあげればいいんだ

植民者たちは
果物や野菜やハーブを背負って
峠の向こうからやって来た
葉むらのそよぎが夜戦と
氾濫を始めるのは
また別の季節だという
そこであなたからの第二便
声をあげない植物たちが
君のことばを解さないと
思いこんではいけない
それは傲慢だよ

発芽は突然で

胸をときめかせた
小さきものはみなうつくしい
そのフシギを手繰りよせ
従順なパセリ作りにいそしむ
いまは労働と汗の季節だ
苦い記憶をケシゴムで擦り
農薬も化学肥料も使わない
すばらしくオーガニックな体験を
同志たちとわかちあう

誰かが
それは隠喩なのかね
とたずねるので
わたしはバビロニアの書記官のように

しかつめらしく厳かに
首をおおきく横にふった

# 流刑地のガーデニング

カモミールとローズマリーが
不仲なのか恋仲なのか
気にかからぬわけではなかった
けれど流刑地では
私的な感情は疎まれる
たがいを損なうのだ
有機肥料をまぜこんだ
漆黒の土のしとね

そこで痩せ細っていくなんて
愛しあいすぎたのか
拒絶と受容の錯誤なのか
誰にもわからない

言葉でわかりあえないとき
プランターのはじっこで
背中を丸めて自閉する
何も聞こえず
何も言えない
そのちいさき手のいとおしさ
何も見えない目に
聖なるあの傷跡が
突き刺さる

本当だったんだね
そう言って抱きしめられた
嘘はつかない
こんなときは
プランターがひっくり返され
根っこがむしり取られ
ハーブの葉が散乱している

虐殺の朝　台所では
冷たいカモミール茶が用意される
シチュー鍋のなかには
良い匂いのローズマリーが
兎の肉塊にまぶされ
つつましいときを待っていた

# 旅する台所

私がこの世でいちばん好きな場所は
台所だと思う
あの年　ばななさんが
わたしたちに差しだした物語は
台所の片隅で　この世界について
考えるということの
さりげなくも　揺るぎない
その余白の確かさだった

あかるいかなしみ
泣いてもいいのだ

露伴は
まだ十五にもならない文に
台所の一切合切をまかせた
火の始末　水の始末　刃物の始末
この世界の始末が
四方から押しよせる
少女は
破瓜の季節を
ふるえながら
台所の音に耳をすます
この世界の神秘は

台所の音にひそんでいるようだった

厨(くりや)では修行僧が駆けずり回る
世界はこの寺の坪庭に
嵌めこまれている
僧はひとりで
その重みとさみしさを耐えるのだ
羹(あつもの)はなににしよう
ぐちの皮目を模し炙り汁をはる
季節の青物をそえれば
あかるいかなしみは
庭と
わたしの肋を透過し
ゆるやかな旅にいざなうはずだ

# 修繕屋ノオト

世界の底はとっくに抜けているよと
女の子たちがあわれむようにわたしをさとす
街中に修繕屋はあふれていたはずだった
鼻緒がきれて難渋したときも
雨傘の骨がおれて
濡れ鼠になりそうだったときも
鳥屋はわたしによい雛の見分け方を教え
修繕屋はことの瓦解を順当にもどした

いまはわたしだけなのだろうか

修繕屋のトタン屋根は錆びついたままで
鳥屋の看板は文字が消えかけている
ここは通り過ぎるだけの街ではないと
わたしは女の子たちに告げなければならない
たとえ誰もが繕うことを忘れたとしても
底なしの計測は行われなければならないし
あなたがたは炸裂と沈黙の塊をかいなに
極地の空へ深く静かな息づかいを送るはずだ

女の子たちをつつむまっさらなシーツが
抜け落ちたホールを継ぎ当てするなら
一瞬を映しだすわたしの背にも

背びれやら翼やらがにぎやかに
ふるふる震えることだろう
常夜の闇もみちあふれ
抜け落ちた夜が底を曝すと
あふれだすように
愛と孤独が次々と修繕屋を訪れる

作品は、二〇一三〜二〇二〇年の間に「文學界」「現代詩手帖」「奥の細道」「飾画」「孔雀船」等に発表したものです。うち何篇かは改稿しました。

# 修繕屋ノオト

著者
船越素子

発行者
小田久郎

発行所
株式会社 思潮社
〒一六二−〇八四二 東京都新宿区市谷砂土原町三−十五
電話 〇三(五八〇五)七五〇一(営業)
〇三(三二六七)八一四一(編集)

印刷・製本
三報社印刷株式会社

発行日
二〇二一年九月一日